KB116253

서 있는 詩

서 있는 시

—

초판 1쇄 2022년 9월 1일
지은이 신필영
펴낸이 김영재
펴낸곳 책만드는집

—

주소 서울 마포구 양화로3길 99, 4층 (04022)
전화 3142-1585·6
팩스 336-8908
전자우편 chaekjip@naver.com
출판등록 1994년 1월 13일 제10-927호
ⓒ 신필영, 2022

—

—

ISBN 978-89-7944-813-9 (04810)
ISBN 978-89-7944-354-7 (세트)

책 만 드 는 집
시인선 203

서 있는 詩

신필영 시조집

책만드는집

이제야
가을이다.

지난
여름까지가
연습이었다 치면,
제대로 한번 무대에 오르는

어쩌면… 첫 가을이다.

2022년 처서
신필영

| 차례 |

5 ● 시인의 말

1부   **난 자리 든 자리**

13 ● 손 놓고 봄날

14 ● 난 자리 든 자리

15 ● 외상 긋고

16 ● 더빙dubbing

17 ● 봄이 온다

18 ● 칠월

19 ● 능소화는 피고

20 ● 서 있는 詩

21 ● 큰고니

22 ● 범람

23 ● 홀아비바람꽃

24 ● 몽유모란도

25 ● 휴휴암

26 ● 중앙선 비둘기호

27 ● 시월

2부 정말이야,

31 · 정말이야,

32 · 밀약密約

33 · 밥

34 · 풀꽃 피는 언덕

35 · 설악 바람꽃

36 · 투항

37 · 나가야 할 이유

38 · 닥을 벗기며

39 · 공손한 가난

40 · 모과꽃 방백

41 · 배롱나무 십일월

42 · 켜

43 · 꽃 피는 선착순

44 · 삼월

45 · 터키행진곡

3부　회전목마의 눈물을 보았는가

49 • 오월 걸음

50 • 개두릅 타령

51 • 뚝섬

52 • 넝쿨의 노래

53 • 회전목마의 눈물을 보았는가

54 • 지리산

55 • 한정판

56 • 바다를 암각하다

57 • 떨어지는 것을 말함

58 • 덕적도 하루

59 • 으아리, 으아리꽃

60 • 절골

61 • 미완성 혁명

62 • 섬은 있다

4부   피자를 먹는 저녁

65 • 벙어리장갑

66 • 피자를 먹는 저녁

67 • 반높이 마을

68 • 개평리 답신

69 • 기린

70 • 한턱

71 • 분홍 골목

72 • 오거리에서

73 • 아버지

74 • 저쪽

75 • 왕궁리 석탑

76 • 달인

77 • 반송返送

78 • 봄의 굴욕

5부 강남역 달팽이

81 • 강남역 달팽이

82 • 보훈병원

83 • 남자 일기

84 • 매뉴얼

85 • 탈옥

86 • 첫물

87 • 불후의 작품

88 • 산책길 풍경

89 • 해바라기 의자

90 • 매생이

91 • 느티나무 눌변

92 • 윷놀이 말놀이

93 • 교동 골목

94 • 여름 마네킹

95 • 오늘의 뒤꼍

96 • 해설_장경렬

1부

난 자리 든 자리

손 놓고 봄날

분홍이 닷 냥이라면
연두는 또 몇 냥일까

연두에 한눈팔다,
첩첩 초록 품에 들고

나 대신
값을 치르듯
곡우비가 다녀가네

난 자리 든 자리

응석이야 투정이야
탈진한 봄 다 보내고

질정 없이 내달려 온,
멀미 나는 너 초록을

나 다시 지고 갈밖에
애착이든 등살이든

외상 긋고

살가운 안부 한번
물어본 적 없었는데

때맞춰 꽃 밥상에
향기까지 차려내니

그 밥값
계산을 못 해
올봄도 이냥 가네

더빙dubbing

먼 길 온 목소리를
어둠에 입히는 밤

젖어 든 빗소리가
대본을 읽고 있다

효과음
하나 없이도
잠든 귀를 깨운다

봄이 온다

밤새 뒤척였구나 뜰 앞 산수유나무
겨우내 달고 살던 늦둥이 열매들을
젖 떼듯 내려놓았네, 발치께로 눈이 가네

흙 아래 더운 손이 너를 다독이면
어둠의 바깥으로 네 키도 자라겠지
나는 또 너 떠난 자리 꽃물 새로 앉힐 테고

칠월

너는 오고 싶고 나는 가고 싶은
우리만 아는 그 길 참말로 어둑해라
무논에 울음을 심는 개구리만 애가 탄다

초록에 물이 올라 천지가 들뜬다 해도
옹근 마음까지 함부로 흩어질까
손목에 수갑을 채운 너만이 내 여름이다

능소화는 피고

망국의 후원에서
대홍원삼 갖춰 입고

담장 안쪽 짚고 섰던
국모의 울음 자락

뙤약볕 긴 칼을 뽑아
큰 소리로 꾸짖는다

서 있는 詩

겨울바람 달음질에 잎새 몇 나부낀다
속 깊이 갈무리한 서리를 문 우듬지 끝
무성한 사설을 줄이니 한 생이 대수롭구나

산그늘 잠시 걷혀 개평 삼아 얻는 햇살
빚 다 갚고 가난한 몸 더듬어 수혈한다
빈 하늘 두루마리에 펼쳐놓은 갈필 한 폭

큰고니

물 위에 산 눕히고
하늘 아래 구름 깔고

물보다는 좀 느리게
구름보다 더 가볍게

세상을 껴안고 있다
날개 한껏 펼치고

붓이 지나갔던가
아니 그냥 머무는가

여백을 당긴 발목
묵향을 버린 여백

누구도 모르는 화폭에
날 바라 너 서 있구나

범람

목마른 여름밤이 소리로 흥건하다
세상의 모든 잠을 담았다가 건져내나
어둠에 떠밀려 가며 목을 놓는 매미들

홀아비바람꽃

떨쳐입은 첫물 옷에 맵시 있게 대님 치고
어디 봐도 영락없는 아랫마을 새서방님
홀아비 사칭을 하며 꽃놀이를 나섰겠다

제목 하나 잘 앉히면 시가 반은 산다는데
본색 짐짓 뒤로 숨긴 홀아비 저 봄바람
능청도 못 말릴 지경, 이 골 저 골 스며든다

몽유모란도

♯

함진아비 등을 빌려 건네드릴 예물이다
뻐꾸기 먼 울음을 받아내는 질화로다
오월 밤 수줍은 저녁 한 채 비단 이불이다

♯

숙여 쓴 족두리에 떨고 있는 옥판 화잠
화투장 뽑아 들듯 만발 호기 고개 들고
볏 붉은 수탉 한 마리 초례상에 오른다

♯

꿈속 뜨락 한가운데 모란이 찾아든 날
첫 마음 가만 열며 맞절 새로 나눠볼까
불민함 쌓인 옆구리 꽃잎 떼어 삭쳐두고

휴휴암

구름의 속살까지 다 비치는 그런 날은
먼 바다 더 먼 하늘 바람도 쪽빛 바람
깍지를 풀어버리고 나비처럼 쉬어 가자

해안선과 수평선의 수식 없는 원근화법
버리고 남은 것이 저리 한 폭 풍경인데
무엇을 끌어당기랴 무엇을 등에 지랴

중앙선 비둘기호

다시 올 수 없을 만큼 천천히 멀어져서
두고 온 얼굴에는 그림자가 설핏하다
한 번 더 돌아보라고 터널은 저만치에

난해한 점자블록 헤아릴 수 없는 마음
지금도 안녕한가 나 혼자 서성였다
간이역 뒷마당쯤에 주저앉고 싶은 날

소원해진 계절 너머 코스모스 피고 지고
묻어둔 동치미 맛 바람결에 무등 탈 때
못다 운 기적 소리만 메아리로 돌아왔다

시월

한 사흘 숙연해진
비 그친 서천 들녘

저 멀리 쇠기러기
젖은 날개 털며 온다

날마다 기다렸다는
내 맘을 헤아리며

사라지는 것들에는
처연한 몸짓 있다

못 떠난 바람 자락
갈대숲에 안긴 저녁

서둘러 손등에 지는
나뭇잎이 서너 장

2부

정말이야,

정말이야,

설악산 흔들바위가
만약 몸을 던졌다면

만우절 농담쯤으로
웃고나 넘기겠지?

상상이
굴러떨어진 상상 밖을 누가 알아

뒤끝 외면한 채
지구를 덥혀온 죄

냉동을 풀고 나온
빙하 속 괴물들이

우리에
우릴 가두고 주인 행세 할는지도

밀약密約

발밑에 고인 물이
칠백 리 밖 흘러갈 줄
태백은 처음부터
다 알고 있었겠지
밀거나 가두는 일은
없었다는 소문에도

청량산 지나는 길
복사꽃 띄워도 보고
내성천 위천 감천
넘치도록 끌어안고
묵묵히 참고 가라고
망망대해 이르라고

밥

쓰러져 입적 중인
전나무 삭은 둥걸

벌레를 길러내서
주린 새들 먹인다

절반은
흙 속에 묻혀
오대산을 살찌운다

풀꽃 피는 언덕

가다 만 하루가 못내 자리에 든다
행선지 표지판은 어디에도 없는 길
두 발만 믿고 가보는 그런 날의 그런 길

남은 거리 궁금해도 발걸음 재지 않는
몇 번 국도 묻지 않고 앞뒤를 열고 가면
거리를 두며 걸어도 지루하진 않겠다

설악 바람꽃

중청서 대청으로
절반쯤 오른 길목

다리 아파 떼쓰듯이
모여 앉아 피고 있다

바람 손
간신히 잡고
이슬방울 닦아가며

투항

단도직입,
초록이다
자객으로 닥친 이 봄

둘러댈 거짓말도
생각할 겨를 없이

이마가
땅에 닿는다
가는 봄도 만신창이

나가야 할 이유

장마가 걷히더니 그것참, 별일이네
무겁던 하늘 모서리 팔작지붕 닮아가고
구름은 행수기생처럼 뒷짐 지고 앞을 서네

담을 넘는 능소화도 주체 못 할 웃음으로
미어터진 초록 밭에 헤프게 엎어지니
도무지 발뺌할 생각 할 수 없어, 오늘은!

닥을 벗기며

찬 이슬 길어 올려
회초리로 서 있지만

네 깊은 속살에는 비단결 길이 있어

한지를
뜨는 날에는
흰 구름도 내려온다

공손한 가난

그것도 땅이라고
구부정한 논두렁에

손길도 못 보태고
에멜무지로 묻어놓은

잘 여문
논두렁콩알
잘난 줄도 모르는,

모과꽃 방백

만나본 적 없는 이름, 열매는 후생의 일
향기로 다시 온다는 그 약속 나는 몰라
나 그냥 꽃일 뿐이야
분홍빛 살결이야

올 고르는 봄 햇살을 마음이라 내다 걸고
엄청난 이 하루를 누가 뺏어 간다 해도
나 다만 꽃일 뿐이야
볼우물의 웃음이야

배롱나무 십일월

몰랐네, 배롱나무 아직 거기 서 있는 줄
한 석 달 붉게 피던 꽃의 날이 떠나간 뒤
해 넘긴 일기장 덮듯 눈길 주지 않았는데

가을이 깊어갈수록 더 맑아진 살결을 봐
꽃 없는 가지마다 단풍 물 든 잎을 단 채
또 다른 표정을 짓고 서 있을 줄 몰랐네

켜

나무도 잘라보면
그 마음이 보입니다

옹이며 나이테며
성글거나 촘촘하게

좀벌레 지나갔는가
속을 앓은 흔적도

꽃 피는 선착순

1

관악산 청계산이 좌우로 마주 서서
느닷없는 재채기에 꽃망울을 터뜨린다
깐깐한 바위 틈새건
젖은 나무 둥치건

2

골목까지 빗장 걸고 애먼 입 다 봉인하고
눈물이 핑 돌도록 맹독을 푸는 봄날
꽃들도 기침을 삼키며
온 산자락 줄을 선다

삼월

발꿈치 들고 가는 햇살이야 그렇다 치고
눈꺼풀 마틀거리는 이 습관성 알레르기
성장판 다시 열리나 옆구리가 간지럽다

터키행진곡

그늘을
걷어차며
물살이 달려간다

바다를
휘갑칠 듯
들었다 놓는 햇살

저 여울
펄럭이는 깃발
대오도 정연하다

3부
회전목마의 눈물을 보았는가

오월 걸음

폭탄 안고 날아온다
앞뒤를 안 가리고

소백산이 꿈틀한다
여차하면 폭발 직전

온 산을
점령해 버린
철쭉꽃 유혈 사태

개두릅 타령

털썩 주저앉아 울고 싶은 날이구나
연록도 밉상인 듯 눈 흘기는 바람결에
베이고 터지는 가슴 그마저도 흉잡힐라

주류는 못 되어도 남부러울 것이 없는
고갯길 외진 곳에 짙은 몸내 숨겼구나
투정만 속없이 자라 가시 끝이 아리다

뚝섬

아마도 섬이 아니라 아비 같은 둑이었다
거름 내 후끈하던 배추밭 호박밭들
물살에 떠밀리지 않게 억척으로 막아서는

똥지게 나르던 어깨 다 삭아 길이 됐다
키가 크는 새 아파트 그 사이 꺾인 길로
불 켜진 몇 동 몇 호에 아비들이 숨어든다

넝쿨의 노래

매달려 올라가는 마디 짧은 손가락들
어미 같고 새끼 같은 한두 뼘 안간힘에
하늘에 닿을 꿈들은
얼마나 목말랐을까

아닌 건 아니라고 돌아서지 못한 발길
소식도 없는 소식 등걸 따라 찾아가는
마음 끝 붙잡고 가는
길이 길을 보듬는다

회전목마의 눈물을 보았는가

지평선도 풀 향기도 닫혀버린 마른 입술
질주의 꿈을 잃은 말발굽이 뭉툭하다
원심력, 그 바깥쪽으로
뛰어드는 눈먼 술래

웃음을 흉내 내는 광대가 따로 없다
이마 푸른 장수 앞에 흩날렸던 너의 갈기
고삐를 놓쳐버려도
천의 산맥 넘어간다

지리산

우뚝 멈춘 바위였지, 그 혹한을 짊어지고

끄나풀 놓친 길을 옆구리에 동여매며

한없는 눈발 속으로 동굴처럼 깊어가는

어제는 각설하고, 언 가지에 피는 눈꽃

명줄 긴 물소리가 골짝마다 손을 씻고

쌀자루 쏟아부으며 새벽밥을 짓는다

한정판

속달우편 받아 안듯
당도한 가을 시편

내 마음속 고지를
감쪽같이 점령했다

눈시울
닳고 닳도록
읽고 또 읽는 시집

바다를 암각하다

고래가 돌아온다, 파도를 앞세우고
돌 속에 잠들었던 신석기가 돌아온다
누군가 겉봉도 없이
전해주신 만지장서滿紙長書

청동빛 이두박근 푸른 작살 움켜잡고
우우, 몰려오는 함성만은 묵음 처리
바위에 우뚝한 고래
환생으로 지나간다

누천년 지켜왔을 사내들의 격한 숨결
저만치 밀려 나간 수평을 끌고 온다
바다가 걸어놓은 무쇠솥
햇덩이가 익는다

떨어지는 것을 말함

혼비백산 쫓겨 나온 경마장 마필이다
한마디 변명도 없이 절벽으로 쏟아지는
귀 아픈 기도라 하자, 맹목의 저 폭포는

물어볼 짬도 없이 날 떨치고 너 가던 날
무너지는 내 하늘에 무지개를 걸어놓고
층층이 칼금을 긋는 장검이라 일러두자

덕적도 하루

손 없는 여객선이 밥술 뜨듯 들어올 때
모처럼 허리 펴고 안부를 여쭙는 섬
그 한 철 눈 맞춘 사랑, 아직 무탈하신지

파도가 제 발자국 금 긋고 나간 사이
늘어지게 낮잠에 든 간조롱한 모래밭이
이제야 내 차지라고 휘파람을 날리는 봄

으아리, 으아리꽃

바람에나 손 흔드는 꽃이면
아니 되랴

아라리 정선 가락 꺾어 넘는
목청으로

피어도 군색한 눈물,
닦지 못한 그 사랑

다식판에 찍어낸 듯
기다림의 조각들을

응달진 푸섶 사이
이슬 받아 적셔두고

지그시 입술을 문다,
귀밑머리 떨리도록

절골

간간이 내려오는 종소리 관음인가
감나무 여윈 손끝 천수천안 불을 켜고
아랫말 다녀오셨나, 바람의 젖은 발목

물린 저녁상 같은 밭뙈기도 그렇지만
별일이야 있겠냐는 듯 동네 개들 짖는 동안
물꼬를 빠져나가는 여름날의 뒷얘기들

응답 매양 늦다 해도 가을은 속 깊은 누이
끝내 끝이 어디냐며 돌담 위에 손을 얹고
호박이 철 늦게 익느라 배를 쓸며 웃는다

미완성 혁명

패대기칠 수도 없는
무더위를 업었는데

태양은 종일토록
폭죽을 터뜨린다

늘어진 구름 조각도
그늘을 찾는 하오

천둥 치고 나니
하늘 쩍 갈라진다

때아닌 소나기에
하나같이 혼비백산

신발은 챙겨 신어야지
갈 길 서로 다를 텐데

섬은 있다

끊어질 듯 이어지는 개펄의 목쉰 노래
보내도 돌아오는 귀 얇은 너, 파도야
빈손을 씻어도 좋을 노을이 와 앉았네

네 이름 떠돌까 봐 기어이 침몰시킨
그래도 닿은 곳은 기껏 거기였던가
한 사내 미련한 징표가 바다를 울먹인다

4부

피자를 먹는 저녁

벙어리장갑

무릎 맞대고
둘러앉은
좁은 방이
이랬을까

서로에게 기대인 채
꼼지락, 다둥이들

칸막이
없앤 덕분에
이놈 저놈 말문도 트네

피자를 먹는 저녁

원형을 잘라내니 뿔뿔이 뿔이 된다
게으르게 둘러앉은 모서리가 어설프다
어쩐지 낯선 구도가 맥없이 풀어진다

상전이 된 아이들의 뒷전에서 어정쩡히
뜨끈한 국물 대신 오이피클 씹는 시간
수지밥* 그런 건 없다, 먹다가 남겨질 뿐

* 밥솥에서 가장 먼저 푼 밥. 또는 나가고 없는 사람 몫으로 떠놓는 밥.

반높이 마을
－高半여관에서

가을도 반쯤 익어 반만큼은 깊은 마을
나지막한 지붕 위로 구름도 반씩 뜨는
떨어진 별빛을 모아 불을 밝힌 이웃집들

서두르면 한 시간 천천히 가면 삼십 분쯤
처음엔 그런 말이 농담인 줄 알았는데
가다가 멈추는 일이 나를 반쯤 내려주네

개평리 답신

새 신발 갈아 신듯 낙향해 사는 친구
용하게 거둬들인 쌀 한 자루 보내왔다
밥 먹자, 멋쩍은 안부도 속 깊이 눌러 담아

안 열어본 곳간 구석 오래된 멍석 같은
구멍 숭숭 뚫린 세월 그런대로 약발 받아
천 리도 지척이라고 토를 달며 찾아왔다

백열등 깜빡거리던 변두리 하숙방과
잠 놓치고 표류하던 그 밤들을 수습하고
이제는 옛집에 들어 선비의 길 닦는 이여!

기린
– 선녀와 나무꾼

하늘 못 간 선녀도 있다는 거 아시나요
천상의 길목에도 꽃 피고 달 뜨는지
높고도 경건한 자세 먼 곳을 받드는 목

숨탄것의 목숨들은 오래된 약속처럼
눈을 들어 우러르는 습성만 남은 거야
지상엔 나무꾼 신랑 어린 자식 있었기에

한턱

아들이 취업해서 여한이 없다는 말
전화 속 친구 목소리 반 넘게 웃음이다
기꺼이 술을 산다며 저녁을 불러냈다

인정으로 목 축였다 덕담도 서너 순배
너나없이 힘든 직장 드디어 잡았다니
턱 하나 넘어섰다고 입을 귀에 걸었다

분홍 골목

중도 해지 보험 같은 이월도 끄트머리
다잡아도 늦춰봐도 발품 한참 남았는데
바람만 들락거리며 유리걸식 중인 거리

노출을 꺼려하는 어스름 녘 성근 눈발
조는 듯 쓰다듬는 구불텅한 은유의 길
지나온 골목 안 풍경 곁눈질로 따라간다

구석구석 탐색하는 내시경의 눈빛으로
동굴 같은 화면이 볼수록 낯이 설다
속내는 아직도 분홍, 통행금지 이제 끝!

오거리에서

그냥, 헤어질 수 없어 돌아보다 손짓하다
모여들고 흩어지는 마음과 마음들이
나 한때 서툰 눈썰미
붓방아 찧듯 하는

짐짓 딴청 피는 길들이 길을 만나
묻고 답하기를 어제처럼 또 내일도
점멸등 깜빡거리는
오늘을 재며 간다

아버지

일 등이 되겠다고
생을 걸지 말거라,

들풀 같은 이웃들의
상처를 품어가며

더불어 바다에 닿는
강물이면
족하다

저쪽

어쩨, 늘 밤차인가
헐렁한 차창 바깥

강 건너 산모퉁이 마을 따라 달도 가네

참말로 거짓말같이
다녀오는 고향길

먼 불빛 껌뻑이며
감싸주는 어둠이야

떨리는 손 놓지 못한 그 실파람 그 바늘귀

객지에 닿을 때까지
가물가물 꿰고 있다

왕궁리 석탑

꽃그늘 한 시절이 먼 향기를 더듬는다
울고 가는 풍경 소리 긴 여운도 엿들으며
오층탑 층층의 시간
서 있네, 우두커니

무슨 원을 비는 건가, 그림자가 흔들리고
알지 못할 곡절들이 한참씩 서성일 때
늦가을 겨운 저녁놀
탑돌이가 한창이다

별일 왜 없었으랴, 바람이 흘은 단서
덩그러니 남은 빈터 어제를 뒤적이며
부처도 버린 백제가
낙관 찍고 저문다

달인

중학교도 못 마치고 이 일에 손을 댔어
두어 뼘 골목 안이 내 인생 전부였지
껴안고 뒹굴었으니 징그러운 한 몸이야

깎아 맞춘 듯이 살지는 못했지만
척, 보면 착, 감기는 손끝은 날렸으니
신발짝 벗어 들고라도 가라면 또 갈 수밖에

비법이 뭐 있었겠어, 엉킨 실 풀듯 했지
서럽다 한탄하고 핑곗거리 댄 일 없이
한 켜씩 톺아본 거기 내가 앉아 있더라고

반송 返送

거듭 두드렸어도 한마디 불평 없이
열리지 않는 문이 거기 또 있을 줄은
사랑이 지척이라도 돌아보면 이리 먼데

서운한 게 있다 해서 돌아설 일 아닌 거지
오래 빚진 한 생각은 숨기기도 어려운 것
오는 정 물린다 해서 가는 정도 물러설까

봄의 굴욕

어느 왕조 유언이 된 나지막한 토성 근처
문양도 선명하게 유적이 발굴된다
묻혀질 또 한 시대가 무릎 꿇고 건너오는

올림픽 기념 공원 금줄로 길을 막아
서로를 외면하며 찾아든 낯선 걸음
굴렁쇠 굴러가 버린 긴 자국을 남기며

5부

강남역 달팽이

강남역 달팽이

화장품가게 지나 치킨집 옆 골목길
어묵 또는 떡볶이도 제 할 말은 있게 마련
세상은 이제 초저녁 낯선 얼굴 낯익는다

아니면 말더라도 비켜 가고 싶진 않아
쉼표 다 지워버리고 느낌표로 모이는 곳
며칠째 찌푸린 이마 오늘 모두 사면이다

꼭 하고 싶은 것 가고 싶은 곳을 찾아
빈집을 등에 지고 더듬이를 세운 모습
겁 없이 출발선 넘는 뜀박질 선수 같다

보훈병원

휠체어 떠다니는 무성영화 뒷마당은
버티고 선 나무들도 유공자 반열이다
안부는 시큰둥한지 비어 있는 벤치 두 줄

훈장도 부질없는 무지근한 양어깨 위
쓴 약에 입가심하듯 번지는 저 노을빛
링거액 거꾸로 매달려 한 눈금씩 줄고 있다

남자 일기

저녁 한 토막을 오븐 안에 익히면서
꼬집힌 맛소금이 속내를 가늠한다
설거나 조금 과하면, 낭패될 수 있는 하루

어줍은 앞치마에 손을 자주 닦아가며
숟가락 젓가락을 다정하게 놓아두고
아내가 퇴근할 시간, 시계에 꽂힌 눈길

냉장고 선반에서 부화를 꿈꾸었나
유정란 자존심을 가열하는 프라이팬
뜸 들어 얌전해진 밥, 전기솥이 안고 있다

매뉴얼

속살대는 바람결에 겨우 눈뜬 잔가지들
종이 접듯 매만지는 여윈 햇살 안쓰럽다
저기요, 망설이는 중 그냥 잘려 나간다

꽃눈이나 살펴가며 턱밑까지 겨냥하는
도무지 어쩌지 못한 전정가위 손놀림에
봄날이 봄날인 줄도 모르면서 가는 봄날

선택받지 못하였네 가장자리 자투리들
커트라인 바깥쪽은 가차 없이 퇴장이다
방침이 그러했을 뿐 누구도 죄는 없다

탈옥

호랑나비 흰나비야 코스모스 너도 나비
날개를 달았으니 우리 함께 소풍 가자
한 열흘 낮꿈이었던 울음집은 던져놓고

가다가 어깨 아파도 기운차게 날아가자
이제 다시 열리는가, 꿈꾸던 그 길인가
바람에 몸을 맡기고 묻지 말고 길 나서자

첫물

올여름 뙤약볕을 잘 견딘 대추라고 그만큼 맛도 달아 먹을 만하다면서 성실한 한 해 농사를 상자째 보내왔다

말이 귀촌이지 꿈 다 털린 맨발 탈출, 열정의 순간들이 맺어놓은 감동 사이 뼈대가 반골이던 녀석 딴 세상을 살 았구나

잡초 떼 토벌하는 예초기 잔소리에 우거진 허욕들이 애 벌 정도 깎일 즈음 농부로 산다는 일이 천혜라 여긴다고

생애 한 철쯤은 버팅겨도 볼 만하고 바닥난 곳간 가득 가을볕을 채웠다는, 무농약 알 대추의 맛 네 안부가 달큰 하다

불후의 작품

장편 다큐 배우가 될 줄
저들은 몰랐겠지

섹스의 한 장면이
지금인 듯 생생하다

플래시
터뜨리면서
폼페이가 남긴 순간

산책길 풍경

다리 좀 아프더니 가을도 기울었다
앞서나 앞세우나 구부정한 이 동행 길
노모를 걸리며 걷는 오솔길도 저무는데

손잡고 웃음 많던 유치원 그 소풍날
어린 딸 젊은 엄마의 속편이 이렇구나
더듬어 더듬으며 간다 시간 속에 지는 얼굴

해바라기 의자

요양원 뒷마당에 햇살은 여전한데
형체만 남아 있는 다 늙어 지친 의자
무수히 앉힌 엉덩이 그 온기도 가셨다

내용연수 넘긴 지가 꽤나 오래되었으니
재활용은 언감생심 가는 길은 폐품 수거
봄볕이 마지막까지 그늘 가만 걷어준다

매생이

치대고 헹궈내야 살아나는 바다 내음
진초록 출렁이는 머릿결 쓰다듬어
족두리 얹어본 기억 물너울에 가슴 뛴다

겨울 석 달 칼바람은 잡고 싶은 귀한 손님
발 빠진 갯벌 세상 내게 온 꽃밭이다
등 굽은 바다를 건지느라 손이 시린 갯마을

느티나무 눌변

비를 맞아가며 비를 또 막아주고
땡볕도 한껏 가려 그늘을 넓혀주는
사는 일 말할 것 없다고 바둑돌이 오고 간다

몸 단 여름 해가 들었다 물러가면
서느런 어둠 장막 탁본으로 떼어놓고
터득한 하늘의 이치 별자리로 짚어본다

풋것들 패착이야 한두 수쯤 물러주고
목청 높여 발목 잡는 댓글들 건너뛰며
느릿한 사투리 같은 묘수 한 점 놓는다

윷놀이 말놀이

앞을 넣지 못하고 뒷밭으로 든다마는
선질꾼* 된 숨결로 넘어가는 십이령길
첩첩 산 눈에 익더라 짚신짝도 정들더라

마음먹고 나선 길이 때로는 바위 벼랑
엎어질 듯 뒤집어지는 윷가락 탓을 할까
큰사리 한두 번이면 살 궁리도 열리는 것

윷말판 같은 세상 갈 길이야 널려 있고
깜짝 돌부리 차다 막힌 수도 터지는 법
가다간 등짐을 부릴 주막집도 보이느니

* 울진 지역에서 경북 내륙 쪽으로 통하는 십이령길을 넘나들던 보부상의
다른 이름.

교동 골목

사는 일 버무려져
설설 끓는 따로국밥

맵어라, 엄살 섞어
입맛 도로 다실 즈음

아침이
뽀얗게 핀다
긴 소매 걷어 올리며

여름 마네킹

입다가 다 못 입은 그도 대략 난감
벗을까 그만둘까 그 또한 아슬아슬
어깨끈 보일락 말락 은근하게 흘려두고

속옷을 겉에 입거나 아예 하의 실종
졸면서 지나가던 무더위도 돌아본다
배꼽이 방긋 웃는다, 못 본 체하는 눈길

오늘의 뒤꼍

떠날 때 또 돌아올 때 눈시울 떨리던 곳
부르는 손짓이든 대답하는 목소리든
박제된 약속으로 남아
휑해진 저 우편함

헌 신발 지켜내던 댓돌마저 늙어가도
더운 정 밥술 위에 얹어주던 자반 한 점
흙벽을 가누고 있는
못 자국은 기억하리

때맞춰 오던 것들 때가 되면 돌아서고
오고 간 그 사이에 침묵을 깔아가며
다 늦게 철들어 가는
자네가 바로 난가?

자연과 인간을 향한 시인의 눈길을 따라
- 신필영 시인의 『서 있는 詩』가 펼쳐 보이는 시조 세계

장경렬 서울대 영문과 명예교수

하나. 신필영 시인의 「단양에서 멀어질 때」를 다시 찾아 읽으며

   신필영 시인이 이번에 발간하는 시조 시집에 수록될 원고와 마주하기 오래 전의 일이다. 그의 작품에서 시인 특유의 개성적이면서도 낯설지 않은 시적 이미지들을 주목할 기회가 있었는데, 이는 어쩌다 내가 말석에 끼어 제2회 노산문학상 심사를 할 때였다. 그때 접했던 그의 작품을 다시 찾아 읽어 본다.

   분첩을 두드리듯 내려앉는 햇살 본다
   호수 다 퍼 올려도 남는 하늘 한 두어 필
   손 놓고 익어만 가는 홍시 위로 깔리고

꼬깃꼬깃 접혔어도 두런대는 옛일들이

늦가을 철길 따라 그림자로 서성일 때

눈 붉힌 파충류 같은 기차가 지나간다.

 -「단양에서 멀어질 때」전문

　당시의 심사평에서 밝혔듯,「단양에서 멀어질 때」는 한 폭의 '풍경화'를 연상케 하는 작품이다. 하지만 '풍경화'를 연상케 한다고 해서 작품의 분위기가 정적靜的인 것에 머물러 있는 것만은 아니다. 작품의 제목은 시인이 어딘가를 떠나 어딘가를 향해 이동하고 있음을 암시하고 있거니와, 이로써 시인의 눈앞에 펼쳐지는 풍경은 정적이면서도 여전히 동적動的인 변모의 과정 속에 놓여 있는 풍경이라고 할 수 있다. 작품의 동적인 분위기는 시인의 시선이 움직이고 있음에서도 감지되는데, 그의 시선은 햇살과 하늘을 배경으로 한 감나무의 "홍시"에 머물다가, 저 멀리 철길을 따라 지나가는 "기차"로 옮겨 가고 있음에 유의하기 바란다. 이처럼 이 작품의 분위기는 정적이면서도 동적이고 동적이면서도 정적이다. 마치 우리네 인간의 삶이 그러하듯! 이로 인해, 우리는 정적인 감나무의 "홍시"에서 성숙의 단계라는 동적인 과정을 거친 인간의 삶을 읽을 수도 있고, 동적인 철길 위의 "기차"에서 분주하게 삶의 활동에 전념하다가 휴식의 시간을 갖지 않을 수 없는 인간의 삶을 읽을 수도 있다.

이런 각도에서 보면, 시인은 이 작품 안에 무엇보다 인간의 삶에 관한 시적 명상의 순간을 담고 있다고 할 수도 있겠다.

덧붙여 말하자면, 첫째 수의 초장과 중장을 이루는 시적 이미지들—즉, "분첩을 두드리듯 내려앉는 햇살"과 "호수 다 퍼올려도 남는 하늘 한 두어 필"—은 다소 과다하게 수사적인 표현이라는 지적도 있을 수 있겠지만 사물의 이미지에 나름의 생기를 보태고 있는 것도 사실이다. 한편, 첫째 수의 종장을 수놓고 있는 "손 놓고 익어만 가는 홍시"는 과하지도 않고 덜하지도 않은 시적 이미지, 그러니까 적절한 무게와 깊이를 지닌 시적 이미지로, 가을날 나뭇가지에 매달린 채 저절로 익어가는 홍시 쪽으로 우리의 심안心眼을 끈다. 어찌 보면, 이는 땡감과도 같은 젊은 날을 거쳐 이제 자연스럽게 성숙되어 가는 인간의 모습을 떠올리게도 한다. 이어서, 둘째 수의 초장에 담긴 시적 이미지도 다소 수사적이라는 느낌을 떨칠 수 없게도 하지만, 이 또한 둘째 수의 종장에 담긴 시적 이미지—일견 작위적으로 보이기도 하나, 그럼에도 여전히 참신하고 생생한 시적 이미지—를 자연스럽게 유도하기 위한 일종의 예비적인 시적 인식의 과정일 수도 있다. 따지고 보면, 둘째 수 종장의 "눈 붉힌 파충류 같은 기차"는 지극히 돌올한 사적私的인 이미지다. 하지만, 미국의 극작가 테네시 윌리엄스(Tennessee Williams, 1911-1983)의 "욕망이라는 이름의 전차"(A Streetcar Named Desire)라는 표현에 기대어 말하자면, '욕망이라는 이름의 기차'와도 같은 존재가 우리네 인간이 아니겠는가. 이로 인해, "눈 붉힌 파충류 같은 기차"는 저녁 무렵 전조등을 켠 채 지나가는 기차의 모습을 떠올리게도 하지만, 이와 함께 인간이 이어 가는 삶이란 "눈 붉힌 파충류 같은 기차"의 여정과 다름없는 것일 수 있음을 생생하게 일깨우기도 한다. 이로써 시인의 사적인 이미지는 독자 모두의 공감共感을 유도하는 공적인 이미지로서의 지위를 확보하게 된다.

신필영 시인의 「단양에서 멀어질 때」와 처음 마주한 지 이제 5년의 세월이 흘렀다. 그동안 어쩌다 그의 작품 한두 편과 만날 자리는 있었지만, 이번처럼 폭넓고 깊게 그의 작품 세계를 들여다볼 기회는 없었다. 아무튼, 이번 시집의 원고를 검토하는 과정에도 나는 그의 시적 이미지가 다소 작위적이고 수사적인 것일 때가 전혀 없지는 않음을, 그럼에도 여전히 '과하지도 않고 덜하지도 않다'고 할 만큼 적절하면서도 참신한 시적 이미지들이 한층 더 풍요롭게 자리하고 있음을 확인할 수 있었다. 하지만 신필영 시인의 작품 세계가 갖는 무엇보다 중요한 특징은 시어가 간명하고 평이하다는 점일 것이다. 이 간명하고 평이한 시어가 그 특유의 개성적이고 독자적인 시적 이미지들을 거의 언제나 편안하게 아우르고 있거니와, 이는 난해화와 혼란화의 바람이 어느 사이엔가 시조 시단까지 자유롭지 않게 하고 있는 오늘날에 중요한 미덕이 아닐 수 없다.

　모두 다섯 묶음으로 이루어진 이번 시집은 제1부 난 자리 든 자리, 제2부 정말이야, 제3부 회전목마의 눈물을 보았는가, 제4부 피자를 먹는 저녁, 제5부 강남역 달팽이로 구성되어 있는데, 각각의 묶음에 붙인 소제목은 묶음 안에 수록된 작품의 제목에서 가져온 것이다. 그리고 이번 시집의 표제인 "서 있는 詩" 역시 제1부에 담긴 작품의 제목에서 가져온 것이다. 이번 시집의 내용과 관련하여, 시인의 귀띔에 기대되, 이를 넘어서 특히 나의 눈길을 끌었던 작품들에 초점을 맞춰 각각의 묶음에서 감지되는 주된 시적 경향을 정리하자면, 이는 다음과 같다. 제1부에서는 자연과 마주한 시인의 심안心眼이 엿보이는 작품들이, 제2부와 제3부에서는 자연의 숨결과 인간의 삶이 함께하는 작품들이, 제4부와 제5부에서는 인간을 향한 시인의 따스한 감성이 짚이는 작품들이 특히 돋보인다. 이제 신필영 시인의 이번 시집을 이루는 작품 세계에 대한 이해를 이 같은 정리에 기대어 차례로 시도하기로 한다.

둘, 자연과 마주한 시인의 심안心眼이 엿보이는 작품들을 찾아서

　이 자리에서 그 어떤 작품에 앞서 논의 대상으로 삼아야 할 작품이 있다면, 이는 신필영 시인의 이번 시집에 제목을 제공한 표제시標題詩인 「서 있는 詩」일 것이다.

　　겨울바람 달음질에 잎새 몇 나부낀다
　　속 깊이 갈무리한 서리를 문 우듬지 끝
　　무성한 사설을 줄이니 한 생이 대수롭구나

　　산그늘 잠시 걷혀 개평 삼아 얻는 햇살
　　빚 다 갚고 가난한 몸 더듬어 수혈한다
　　빈 하늘 두루마리에 펼쳐놓은 갈필 한 폭
　　 –「서 있는 詩」 전문

　이 작품에서 "서 있는 시"가 지시하는 바는 곧 '나무'다. 사실, 나무에서 시를 감지하는 시적 상상력은 신필영 시인만의 것이 아니다. 아마도 그런 상상력을 선보인 시인 가운데 한 사람이 미국의 조이스 킬머(Joyce Kilmer, 1886-1918)일 것이다. 제1차 세계대전에 참전했다가 이른 나이에 전사한 킬머는 "내 생각으로 난 결코 볼 수 없을 것 같아,/ 한 그루의 나무처럼 사랑스런 시를"(I think that I shall never see/ A Poem lovely as a tree)로 시작되는 시인 「나무들」("Trees")을 1913년에 발표한 바 있는데, 나무를 시에 비유한 문학 작품 가운데 이만큼 유명한 것은 없으리라. 하지만, 곧이어 소개하는 그의 작품에서 확인할 수 있듯, 나무가 왜 "사랑스런 시"인가에 관한 킬머의 시적 진술은 지나치게 상식적이고 빤한 나무의 일반적인 속성에 근거한 것이기 때문인지 몰라도, 진부하고 지루하기까지 하다.

내 생각으로 난 결코 볼 수 없을 것 같아,/ 한 그루의 나무처럼 사랑스런 시를.// 달콤한 물 흐르는 대지의 젖가슴에/ 굶주린 입을 파묻고 있는 한 그루의 나무,// 하루 종일 하느님을 우러러 보며/ 잎이 무성한 팔을 들어 기도하는 한 그루의 나무,// 여름 날에는 방울새의 둥지를/ 자신의 머리 안에 품기도 하는 한 그루의 나무,// 자신의 가슴에 눈[雪]을 보듬어 안기도 하고/ 비와 함께 친밀한 삶을 사는 한 그루의 나무.// 시란 나와 같은 바보들이 만드는 것이지만/ 한 그루의 나무를 만드는 것은 하느님뿐.
－조이스 킬머,「나무들」전문(장경렬 역)

누구나 알고 있듯, 나무는 땅속으로 뿌리를 내리고 있고, 하늘을 향해 가지를 쳐들고 있으며, 자신의 무성한 잎 안에 새 둥지를 품고 있기도 하다. 요컨대, 킬머의 나무는 시인의 눈앞에 '실재하는' 개별적이고도 특정한 나무가 아니라, 우리 모두의 상식 속에 존재하는 추상적이고 막연한 의미에서의 나무다. 하지만 신필영의 나무는 시인이 눈길을 향하고 있는 '여기 이곳'

에든 '거기 그곳'에든 실재해 있는 구체적이고 특정한 나무다. 이는 "겨울바람 달음질에 잎새 몇 나부"낄 뿐만 아니라 "속 깊이 갈무리한 서리"를 "우듬지 끝"에 물고 있는 나무, '지금 이 순간'에 존재해 있는 '눈앞'의 나무다. 이 같은 모습의 나무가 시인의 마음을 사로잡는 순간, 시인은 "무성한 사설을 줄이니 한 생이 대수롭구나"라는 깨달음에 이른다. 다시 말해, 거의 모든 잎을 떨군 상태에서 겨울날의 추위를 견디고 있는 나무를 응시하면서, 시인은 대상이 지닌 존재의 무거움을 불현듯 깨닫는다. "한 생이 대수롭구나"라는 시적 진술은 이 같은 시인의 깨달음을 담고 있다. 이를 통해 우리는 '한 생의 대수로움'을 문득 깨닫는 데는 "무성한 사설"이 방해가 될 수 있다는 깨달음에 이를 수도 있겠다. 하기야, 관점에 따라서는 시조란 곧 "무성한 사설"을 줄인 형태의 시 형식이 아니겠는가. 아니, 시조뿐만 아니라 이른바 오늘날 우리나라의 시단을 풍미하는 모든 형태의 시가 모름지기 "무성한 사설"을 줄인 상태로 존재하기를 열망하는 문학 형식일 것이다.

아무튼, 신필영 시인은 "잎새 몇 나부"끼는 한 그루의 헐벗은 나무에 눈길을 주는 가운데, 사유의 확장 가능성에 문을 열어 놓는다. 말할 것도 없이, 시인이 한 그루의 나무에서 "서 있는 시"를 읽을 수 있음은 이처럼 시인이 사유의 확장 가능성에 문을 열어 놓았기 때문이리라.

103

첫째 수에 이어 둘째 수에서 시인은 나무 자체에서 주변으로 시선을 확장한다. 일종의 '줌 아웃'(zoom out)을 시도하고 있다고 볼 수 있을 것이다. 이를 통해, "산그늘"이 "잠시 걷"히고 있음을, 이로써 "개평 삼아 얻는 햇살"이 "빚 다 갚고 가난한 몸"을 "더듬어 수혈"하듯 헐벗은 나무를 더듬어 비추고 있음을 시인은 감지한다. 어찌 보면, 헐벗은 나무의 몸을 "더듬어 수혈"하는 햇살, 이는 말 그대로 겨울의 추위에 떨고 있는 헐벗은 나무와도 다름없는 시조 형식에 온기를 더하려는 시조시인의 시적 시도를 암시하는 것일 수도 있으리라. 아무튼, 작품의 전체를 마무리하는 둘째 수 종장의 시적 진술인 "빈 하늘 두루마리에 펼쳐놓은 갈필 한 폭"은 '줌 아웃'의 과정을 통해 시인의 심안心眼에 비친 풍경—즉, 헐벗은 나무가 서 있는 어느 한 순간의 겨울 풍경—을 시적으로 완결하는 역할을 한다.

「서 있는 시」는 명백히 자연과 마주한 시인의 심안이 엿보이는 작품에 해당한다. 내가 여기서 '시인의 심안'이라는 표현을 동원한 이유는 다음과 같다. 신필영 시인의 자연에 대한 시적 형상화는, 위에서 살펴보았듯, '있는 그대로'의 객관적 자연을 객관적 언어로 포착하는 선을 넘어서는 것이기 때문이다. 이와 관련하여, '바람이 달음질을 하다' 또는 '서리를 물다' 또는 '사설을 줄이다' 또는 '개평 삼아 얻다' 또는 '빚 다 갚다' 또는 '몸 더듬어 수혈하다' 등등 모두가 인간의 삶을 묘사할 때 동원하는 표현들임에 유의하기 바란다. 말하자면, 자연은 시인 고유의 심안을 거쳐 인간사를 대변하는 것으로 바뀌어, 그 자체가 말 그대로 인간사의 일부로 읽히기도 한다. 즉, 시인의 눈에 자연은 단순히 자연으로 존재하는 것이 아니라, 인간 세계의 일부로 존재하는 동시에 인간사를 일깨우는 동인動因으로 존재하기도 한다. 바로 이런 이유로 인해, 시조에서는 자연을 소재로 하더라도 "순연히 자연을 그린 게 거의 없다"는 김윤식 교수의 지적을 이 자리에서도 떠올리지 않을 수 없다. 그리고 이러한 지적은 물론 신필영 시인의 시 세계에도 그대로 적용될 수 있다. 사실, 시조시인이라면 누구나 자연을 노래하더라도 인간 세계를 벗어나서 초월적으로 존재하는 '순수 자연'을 노래하지 않는다. 시조란 본래 인간의 삶을 노래하기 위한 시 형식이지, 자연의 초월적 의미와 본질을 추구하기 위한 시 형식이 아니기 때문이다. 이와 관련하여 우리는 신필영 시인의 다음 작품도 주목하지 않을 수 없다.

응석이야 투정이야
탈진한 봄 다 보내고

질정 없이 내달려 온,
멀미 나는 너 초록을

나 다시 지고 갈밖에

애착이든 등살이든

-「난 자리 든 자리」 전문

　이 작품에서도 시인의 시선은 자연을 향하고 있다. 그것도 봄에서 여름으로 계절의 변화를 겪고 있는 자연이다. 그런데 "봄"을 보내고 "초록"이 지배하게 된 자연―즉, "봄"이 "난 자리"에서 "초록"이 "든 자리"로 변화를 겪고 있는 자연―을 묘사하는 데 신필영 시인이 동원한 표현 가운데 어느 것도 '있는 그대로'의 자연을 묘사하는 데 동원될 법한 것이 아니다. 이와 관련하여, '옹석'과 '투정' 또는 '애착'이나 '등살' 및 '탈진하다'와 '질정質定 없다'나 '멀미 나다'는 모두 인간의 감정이나 몸의 변화를 암시하는 데 동원될 법한 표현이지 자연이나 자연의 변화를 객관적으로 묘사하는 데 동원될 수 있는 것이 아님에 유의하기 바란다. 바로 그와 같은 표현을 동원함으로써 시인은 자연을 인격화人格化하고, 그럼으로써 자연의 변화를 인간의 삶에 겹쳐 놓는다. 다시 말해, 시인은 자연의 변화에서 인간의 삶을 읽고 있는 것이다. 또한 자연의 변화를 인간의 삶의 변화를 읽는 눈으로 읽고 있는 것이다.

　아무튼, 「서 있는 시」의 경우, 작품의 제목에서 이미 '나무'

가 '시'로 은유화의 과정을 거치고 있다. 이로써 시인은 이 작품에서 단순히 있는 그대로의 자연에만 눈길을 보낼 것이 아님을 미리 암시한다. 이와는 달리, 자연을 노래한 또 한 편의 시인 「큰고니」의 경우, 작품의 제목이 제시하고 있는 것은 "큰고니"라는 '있는 그대로' 자연의 한 생명체 또는 대상이다. 이로써 우리는 '있는 그대로'의 자연이 작품의 소재가 될 수도 있으리라는 예상을 앞세울 수도 있다. 하지만 이 작품에서도 우리가 결국 마주하는 것은 '있는 그대로'의 자연이 아니라, 시인 특유의 눈길을 통해 그의 내면에 비친 주관화된 인간적인 자연임을 확인하지 않을 수 없다. 우선 「큰고니」를 함께 읽기로 하자.

물 위에 산 눕히고
하늘 아래 구름 깔고

물보다는 좀 느리게
구름보다 더 가볍게

세상을 껴안고 있다
날개 한껏 펼치고

붓이 지나갔던가

아니 그냥 머무는가

여백을 당긴 발목
묵향을 버린 여백

누구도 모르는 화폭에
날 바라 너 서 있구나
  -「큰고니」전문

　두 수의 단시조 형식의 시적 진술이 하나로 모여 연시조 형식의 작품을 이루고 있는 이 작품의 첫째 수에 해당하는 부분에서 시인은 "큰고니"의 모습에 대한 시적 형상화를 시도하고 있다. 여기에는 주변 풍경을 이루는 "물"과 "산"이, "하늘"과 "구름"이 동원되고 있는데, 첫째 수에 해당하는 부분의 의미상 주어는 "큰고니"로 보는 것이 자연스럽다. 즉, 시인의 심안에 기대어 말하자면, "물 위에 산 눕히고/ 하늘 아래 구름 깔고" 있는 주체는 "큰고니"다. 바로 그 행위의 주체가 "물보다는 좀 느리게/ 구름보다 더 가볍게// 세상을 껴안고 있"는 정경이, 그것도 "날개 한껏 펼"친 채 세상을 껴안고 있는 정경이 곧 시인이 자신의 심안을 거쳐 포착한 그 특유의 풍경을 구성한다. 생생하고도 역동적인 이 정경은 시인 고유의 시선과 시어가 창조해

108

낸 그야말로 독창적인 시적 비전이 아닐 수 없다.

둘째 수에 해당하는 부분에 이르러 시인은 돌연 "붓" 또는 "붓"의 이미지를 동원한다. 이는 눈앞의 정경이 시인에게 한 폭의 그림으로 비치기 때문이리라. 추측건대, 시인은 눈앞의 정경을 한 폭의 그림인 양 상상하고 있는 것이리라. "지나"가거나 "머무는" "붓"놀림, "여백을 당긴 발묵"과 "묵향을 버린 여백"은 모두 묵화墨畵의 기법과 관계된 것으로, 눈앞의 정경은 어느덧 시인에게 "날 바라" "서 있"는 "너"가 되고 있다. 이때 "너"는 좁게 보면 "큰고니"를 지시하겠지만, 넓게 보면 "큰고니"가 담긴 한 폭의 묵화 또는 묵을 동원하여 그린 산수화를 지시하는 것일 수도 있으리라. 아무튼, 이 과정에 자연의 조화造化는 인간의 예술 행위로 치환된다. 즉, 「서 있는 시」에서 '한 그루의 나무'가 '시'에 대한 은유가 되고 있듯, 「큰고니」에서는 '큰고니라는 한 마리의 새' 또는 '그 새가 있는 자연의 정경'은 한 폭의 '묵화' 또는 '산수화'에 대한 은유가 되고 있다. 여기서 암시되는 세계 이해의 방식은 결코 자연에 대한 초월적인 이해 또는 선험적인 인식과 관계없는 것, 다만 초월적인 것 또는 선험적인 것조차도 인간적인 것 또는 경험적인 것으로 이해하고자 하는 마음과 관계된 것임을 힘주어 말하지 않을 수 없다. 한국의 시조가 초월적, 선험적 세계 이해에 경도해 있는 일본의 하이쿠와 본질적으로 차이가 있다면, 그 차이는 여기서 확인될 수 있다.

아무튼, 대단히 멋진 풍경을 '그림 같다'고 말하는 표현법이야 동서양 양쪽에서 모두 확인된다. 하지만 자연의 멋진 정경을 '한 폭의 묵화' 또는 '여백의 미가 살아 있는 산수화'로 이해함은 넓게는 동아시아인의, 좁게는 한국인의 감수성과 각별히 관계를 갖는 것이리라. 나아가, 이를 의식적으로든 무의식으로든 체득하고 있는 특별한 감수성의 소유자가 「큰고니」와 같은 시를 창작한 신필영 시인이다. 그리고 무엇보다 우리가 이 자리에서 유념해야 할 것은 이 같은 '시적 심의경향心意傾向'(the poetic turn of mind)은 자연이든 인간이든 이를 소재로 하되, 궁극적으로 인간의 삶을 이해하고 노래하고자 하는 시 형식인 시조 고유의 특징일 수 있다는 점이다.

셋, 자연의 숨결과 인간의 삶이 함께하는 작품들을 찾아서

이제까지 살펴보았듯, 신필영 시인의 이번 시집 제1부에서 우리는 자연을 관조 또는 관찰의 대상으로 삼되, 그 특유의 인간적 시선을 통해 자연을 형상화하는 시인과 만날 수 있다. 한편, 제2부와 제3부에서 우리는 자연의 숨결에서 인간의 삶을 읽거나 인간의 삶에서 자연의 숨결을 감지하는 시인과 만날 수 있다. 즉, 시인은 자연의 숨결과 인간의 삶이 어우러져 '하나'로 모아질 법한 순간들을 시적으로 형상화하고 있다. 아무튼, 제2부의 표제시 「정말이야」에서 시인은 "뒤끝 외면한 채/ 지구를 덥혀온 죄"를 새삼 의식하기도 하고, 이로 인해 "설악산 흔들바위"가 "굴러떨어"지는 식의 "상상 밖"의 일이 일어날 수도 있음을 우려하기도 한다. 이 같은 상념의 저변에 놓이는 것은 자연의 타자화他者化에 대한 경계警戒 및 자연과 인간 사이의 조화에 대한 염원일 것이다. 말하자면, 자연을 지배와 착취의 수단으로 여기는 일에서 벗어나, 인간이 자연과 조화로운 '하나'가 되기 바라는 마음일 것이다. 그리고 이 마음을 간직하고 있는 시인에게 무엇에 앞서 소중한 것은 「밥」과 같은 작품에서 보듯 자연에 가까이 다가가서 그 숨결을 느끼는 일이다.

쓰러져 입적 중인
전나무 삭은 등걸

벌레를 길러내서
주린 새들 먹인다

절반은
흙 속에 묻혀
오대산을 살찌운다

-「밥」전문

　추측건대, 시인은 오대산을 찾았다가 우연히 "전나무 삭은
등걸"과 마주하게 되었을 것이다. 오대산이야 저 유명한 월정
사와 상원사가 있는 곳이 아니겠는가. 그러니 어찌 "전나무 삭
은 등걸"을 보며 "쓰러져 입적 중"이라는 표현을 자연스럽게
떠올리지 않을 수 있겠는가. 또한 어찌 불교의 윤회 사상을 떠
올리지 않을 수 있겠는가. 물론, 윤회 사상이란 하나의 생명체
가 그 모습을 달리하여 생사를 거듭함을 말한다. 하지만 이는
전나무에서 벌레나 흙으로, 벌레에서 새로, 새에서 다시 흙으
로, 그리고 흙에서 다시 전나무로 끊임없이 이어지는 자연의
순환 과정을 포괄하는 것일 수도 있지 않겠는가. 그리고 그와
같은 자연의 순환 과정이 아무런 방해 없이 자연스럽게 이어질
때, 자연은, 아니, 넓은 의미에서 인간까지도 하나의 생명체로
포함하고 있는 대자연은 영원한 생명력을 누리게 되리라. 시
인의 표현에 따르면, 그 모든 순환의 과정이 "오대산을 살찌"울
것이다.

　위의 작품은 자연의 순환 과정을 관찰하는 시인의 사실 진술
로 이루어져 있지만, 여기에는 "살찌운다"라는 긍정의 가치 판
단이 암시된 표현이 동원되고 있음에 유의할 수 있다. 사실 '길
러내다'와 '먹이다'도 긍정적인 함의가 담긴 표현으로, 이로써

시인의 진술은 단순한 사실 진술의 차원을 넘어서는 것이 된다. 얼핏 보기에 "전나무"의 "삭은 등걸"은 단순히 부패의 과정을 거쳐 무화無化되고 마는 것처럼 보이나, 이 과정은 "전나무 삭은 등걸"의 "절반"은 "벌레"에게 "밥"이 되고, 벌레는 "새"의 "밥"이 되며, 나머지 절반은 "흙"―즉, 다른 나무들의 "밥"―이 되어 자연을 '살찌우는' 과정인 것이다. 이런 의미에서 보면, 시인의 관찰은 자연의 섭리―지극히 상식적인 것이어서 우리가 쉽게 잊고 지내는 자연의 섭리―에 다시금 새삼스럽게 주의를 환기하는 관찰일 수 있다. 비록 차원은 다르지만, 이와 관련하여 우리가 주목해야 할 또 한 편의 작품은 「설악 바람꽃」이다.

중청서 대청으로
절반쯤 오른 길목

다리 아파 떼쓰듯이
모여 앉아 피고 있다

바람 손
간신히 잡고
이슬방울 닦아가며
　―「설악 바람꽃」 전문

「설악 바람꽃」에서 우리가 감지할 수 있는 것은 단순히 "바람꽃"의 이미지만이 아니다. 마치 "바람꽃"들이 "다리 아파 떼쓰듯이/ 모여 앉아," "바람 손/ 간신히 잡고/ 이슬방울 닦아가며" 피어 있듯, '사실적인 의미에서의 산'이든 또는 '비유적인 의미에서의 산'이든 '산'을 오르다 보니 다리가 아파 함께 모여 앉아, 바람에 흔들리는 몸을 간신히 가눈 채 흐르는 땀을 닦는 사람들의 모습이 이 작품에서 겹쳐 떠오르지 않는가. 어찌 보면, 사회적 동물로 일컬어지는 인간도 "모여 앉아 피"는 자연의 "바람꽃"과 다른 존재일 수 없다. 즉, "바람꽃"의 존재 방식은 인간의 존재 방식과 결코 다른 것일 수 없다. 그렇다면, 어찌 "바람꽃"이든 무엇이든 자연의 생명체를 인간과는 다른 그 무엇으로 타자화해야 하겠는가. 지극히 시적인 발상일 수도 있겠으나, 자연은 인간과 '하나'인 것이다.

이제까지 살펴본 두 작품은 오대산이나 설악산과 같이 우리네 일상적 삶의 현장과는 거리가 있는 곳의 자연에 관한 것이다. 하지만 자연에 가까이 다가가는 일은 일상의 삶을 벗어난 곳에서만 이루어져야 할 일이 아니다. 일상적 삶의 현장 안에 머물면서 자연에 다가가 자연과 '하나'가 되려는 시인의 마음을 감지케 하는 다음 작품을 주목하지 않을 수 없음은 이 때문이다.

장마가 걷히더니 그것참, 별일이네
무겁던 하늘 모서리 팔작지붕 닮아가고
구름은 행수기생처럼 뒷짐 지고 앞을 서네

담을 넘는 능소화도 주체 못 할 웃음으로
미어터진 초록 밭에 헤프게 엎어지니
도무지 발뺌할 생각 할 수 없어, 오늘은!
　　　─「나가야 할 이유」 전문

　　두 수로 이루어진 이 연시조의 첫째 수는 "장마가 걷히"고 난
뒤에 "별일"로 느껴질 만큼 달라진 세상의 풍경을 담고 있다.
"무겁던 하늘 모서리 팔작지붕 닮아가고/ 구름은 행수기생처
럼 뒷짐 지고 앞을 서"는 것이다. "하늘"과 "구름"에 대한 묘사
에서 시인은 "팔작지붕"과 "행수기생"을 동원하고 있거니와,
이로써 자연이 인간 세상의 일부를 이루고 있는 듯 느껴지기도
한다.
　　둘째 수에 이르러 시인은 "하늘"과 "구름"에 주던 눈길을 돌
려, 담 안쪽의 "미어터진 초록 밭"─그것도 "담을 넘는 능소화"
가 "헤프게 엎어지"는 "초록 밭"─ 으로 향한다. 여기서도 시인
은 역시 인간의 감정이나 몸짓을 연상케 하는 표현들을 동원함

으로써, 우리가 앞서 검토한 작품인 「난 자리 든 자리」에서 그리하듯 자연을 마치 인간의 감정을 지닌 대상인 양 묘사한다. 하지만 이상의 시적 진술이 시의 전부가 아닌데, 이 작품에 어느 무엇보다 생기를 불어넣는 것은 둘째 수의 종장이다. "도무지 발뺌할 생각 할 수 없어, 오늘은!" 제목에 주의를 기울이지 않은 사람이라면, 이렇게 물을 것이다. "발뺌할 생각"을 "할 수 없"다니? 그 이유를 말해 주는 것이 이 시의 제목이다. 즉, 장마 동안에 그랬던 것처럼 집에 갇혀 있을 수만은 없다는 것이다. 이제 밖으로 "나가" "팔작지붕 닮아가"는 "하늘"과 "행수기생처럼 뒷짐 지고 앞을 서"는 "구름"과 "웃음으로" 가득한 담 밖의 "능소화"와 함께해야 한다. 즉, 자연의 부름에 몸을 사리지 말아야 한다. 마치 사랑하는 사람이든 가까운 친구든 누군가의 부름을 외면할 수 없듯, 자연의 부름을 외면할 수 없다는 시인의 실토에서 우리는 자연에 다가가 자연과 '하나'가 되려는 시인의 마음을 생생하게 감지할 수 있으리라. 이처럼 자연에 다가가거나 자연과 '하나'가 되는 일은 인간과 인간 사이의 관계 맺음과 마찬가지로 지극히 자연스럽게 인간적인 일, 그것도 소소한 인간적인 일일 수 있음을 시인은 이 작품을 통해 암시하고 있는 것이다. 어찌 보면, "지구를 덥혀온 죄"에서 벗어나는 일은 이처럼 아주 작은 일에서부터 시작될 수 있는 것이리라.

따지고 보면, 인간의 삶은 결코 자연의 경계 밖에서 이루어지는 것이 아니다. 자연은 우리의 마음 안에 있을 수도 있고, 가까이 담 안쪽의 "초록 밭"에, 또는 아파트 베란다의 화분에 있을 수도 있다. 그리고 자연은 때로 삶에 대한 반성적 사유를 일깨우는 자극제가 되기도 한다. 이와 관련하여 우리는 무엇보다 다음 작품을 주목할 수 있다.

> 털썩 주저앉아 울고 싶은 날이구나
> 연록도 밉상인 듯 눈 흘기는 바람결에
> 베이고 터지는 가슴 그마저도 흉잡힐라
>
> 주류는 못 되어도 남부러울 것이 없는
> 고갯길 외진 곳에 짙은 몸내 숨겼구나
> 투정만 속없이 자라 가시 끝이 아리다
> ─「개두릅 타령」 전문

봄나물의 재료로 사용되는 두릅에는 세 종류가 있다. 하나는 참두릅으로, 이는 두릅나무의 새순을 말한다. 또 하나는 땅두릅으로, 이는 두릅나무속의 여러해살이풀의 새순을 말한다. 그리고 개두릅은 엄나무의 새순으로, 모양이 참두릅과 비슷하다 하여 붙여진 이름이다. 「개두릅 타령」의 소재가 되고 있는 것은 물론 참두릅과 대비되는 개두릅으로, 여기서 문제가 되는 것은 '참-'과 '개-'라는 접두사다. 이와 관련하여, 우리는 '진실하다' 또는 '질이 우수하다'라는 뜻을 지닌 '참-'이라는 접두사와 달리 '개-'라는 접두사는 '모양이 흡사하지만 다르다' 또는 '질이 떨어지다'의 뜻을 지닌 접두사임에 유의해야 할 것이다.

두 수의 연시조로 이루어진 이 작품의 첫째 수가 암시하듯, '모양이 비슷하나 질이 떨어지다'의 뜻을 갖는 접두사 '개-' 때문인지 몰라도, 개두릅은 이른바 천덕꾸러기다. 즉, 개두릅은 "털썩 주저앉아 울고 싶은 날"을, "연록도 밉상인 듯 눈 흘기는 바람결"을 견뎌야 하고, 심지어 "베이고 터지는 가슴 그마저도 흥잡힐" 수 있는 그런 존재인 것이다. 문제는 개두릅이 천덕꾸러기인 것은 사람들의 '판단 기준'에 따른 것일 뿐이라는 데 있다. 어느 한쪽을 기준으로 하여 이를 '참-'으로 여기고 다른 쪽을 '개-'로 여기고자 하는 인간의 자의적恣意的인 판단에 따른 것일 뿐, 만물을 두루 껴안고 있는 자연의 품 안에서는 이 같은 가치 판단이란 애초에 가당치 않은 것이다. 자연의 넓은 품 안에서는 모든 사물과 생명이 각자 나름의 고유한 독자성과 가치를 지닌 존재다. 이런 관점에서 보면, 「개두릅 타령」의 첫째 수는 제멋대로 가치 기준을 세우고 이에 따라 '개-'든 또는 '참-'이든 제멋대로 명명命名 행위를 하는 인간의 자의恣意에 대한 비판을 드러낼 듯 감추고 감출 듯 드러내는 반어적反語的인 시적 진술로 읽히기도 한다.

따지고 보면, 인간의 자의적인 판단이 난무함은 자연을 벗어나 인간사의 영역에서도 예외가 아니다. 오죽하면, 천덕꾸러기의 상징인 이른바 '미운 오리 새끼'가 어느 순간 홀연히 백조로 탈바꿈하는 이야기가 동화화되기까지 했겠는가. 또는 '바보 온달'이 천하의 장군으로 탈바꿈하는 설화가 우리에게 전래되고 있겠는가. 실로 인간의 자의적 판단이 그릇된 것일 수 있음을 보여 주는 이야기는 이루 헤아릴 수 없이 많다. 개두릅의 경우만 해도, 개두릅은 농가에서 재배가 어렵기 때문에 참두릅보다 더 귀하게 여겨진다. 또한 인간의 몸에 이로운 약효藥效도 참두릅에 비해 더 높을 뿐만 아니라, 쓴맛을 좋아하는 사람들의 입맛에 따라 오히려 선호의 대상이 되기도 한다. 그렇기 때문인지 몰라도, 둘째 수의 초장에서 시인은 이렇게 말한다. "주류는 못 되어도 남부러울 것이 없"다고. 하지만 "개두릅"은 "고갯길 외진 곳에 짙은 몸내 숨"긴다. 이는 개두릅이 향내가 강한 식물―또는 개성이 강한 존재―이지만 사람들의 눈에는 쉽게 띄지 않음을 말하기 위한 것이리라. 아무튼, 둘째 수의 종장을 이루는 "투정만 속없이 자라 가시 끝이 아리다"라는 시적 진술을 어떻게 이해해야 할까. "투정"은 사전적인 정의에 의하면 '모자라거나 못마땅하여 떼를 쓰며 조르는 일'을 말하지만, 이는 넓게 보아 천덕꾸러기가 보통 그러하듯 '못났다고 손가락질을 받는 자신'에 대한 '한탄과 채찍질'로 읽힐 수도 있거니와,

역설적으로 이는 자연이나 인간이 그 내면에 지니고 있는 '자기 성찰' 또는 '성장과 변화의 의지'를 암시하는 것일 수도 있다. 요컨대, 시인은 자연을 향한 인간의 자의적인 시선을 '있는 그대로' 조명하는 가운데, 자연과 인간을 바라보는 인간의 시선에 대한 되돌아보기―즉, 반성적 사유―로 우리를 이끌고 있는 것이다. 어찌 보면, 개두릅의 '개-'에 대한 성찰에서 한 걸음 더 나아가 인간 세계 그 자체에 대한 성찰로 이어 가도록 독자를 유도하고 있는 것이 이 작품인지도 모른다.

자연의 숨결 또는 움직임과 인간의 숨결 또는 삶이 있는 그대로 병치되어 있는 작품도 있으니, 이는 바로 「떨어지는 것을 말함」이다.

혼비백산 쫓겨 나온 경마장 마필이다
한마디 변명도 없이 절벽으로 쏟아지는
귀 아픈 기도라 하자, 맹목의 저 폭포는

물어볼 짬도 없이 날 떨치고 너 가던 날
무너지는 내 하늘에 무지개를 걸어놓고
층층이 칼금을 긋는 장검이라 일러두자
  ―「떨어지는 것을 말함」 전문

두 수의 연시조로 이루어진 이 작품의 첫째 수에 시인은 "맹목의 저 폭포"에 대한 생생한 묘사를 담고 있다. 문제는 "혼비백산 쫓겨 나온 경마장 마필"이든, "한마디 변명도 없[음]"이든, "귀 아픈 기도"든, 시인이 인간사의 현장을 떠올리게 하는 표현들에 기대어 폭포의 '폭포다움'을 실감 나게 묘사하고 있다는 데 있다. 이로써 우리는 폭포라는 자연 현상이 인간 세계의 일부라는 느낌까지 갖게 된다. 아울러, 둘째 수 초장의 "물어볼 짬도 없이 날 떨치고" 가던 "너"의 이미지는 자연스럽게 첫째 수에 제시된 폭포의 이미지와 겹쳐지게 된다. 뿐만 아니라, 이로써 시인이 '너'와의 이별에서 느꼈을 법한 충격은 한층 더 강화된다. 둘째 수의 중장과 종장을 이루는 "무너지는 내 하늘에 무지개를 걸어놓고/ 층층이 칼금을 긋는 장검"은 쏟아지는 폭포의 물이 흩날림으로 인해 연이어 떠올랐다가 갈라지고 부서지는 수많은 무지개를 생생하게 언어화하고 있거니와, 이는 물론 둘째 수 초장의 압력을 받아 단순한 폭포의 이미지에 대한 묘사로 남지 않는다. 이는 동시에, 이별의 아픔에 대한 시적 형상화이기도 하다. 결국 이 작품이 전체적으로 지탱하고 있는 것은 폭포의 이미지와 폭포를 연상케 하는 이별의 아픔 사이의 아슬아슬한 긴장과 균형이다. 즉, 이 시는 어느 한쪽을 이야기하기 위한 것이 아니라 둘 다 노래하되, 둘 사이의 경계를 아예 무화無化하기 위한 것이기도 하다. 어찌 보면, 자연의 숨결과 인

간의 삶이 '하나'가 되는 나름의 경지를 예시하는 것이 이 작품
일 수 있겠다.

넷. 인간을 향한 시인의 따스한 감성이 짚이는 작품들을 찾아서

　시인은 이번 시집의 제4부와 제5부에서 '있는 그대로'의 인
간 세상에 눈길을 보내고 있는데, 간명하면서도 우리에게 전하
고자 하는 시적 메시지가 더할 수 없이 또렷한 다음 작품에 우
선 우리의 눈길을 줄 수 있다.

　무릎 맞대고
　둘러앉은
　좁은 방이
　이랬을까

　서로에게 기대인 채
　꼼지락, 다둥이들

　칸막이
　없앤 덕분에

이놈 저놈 말문도 트네

　－「벙어리장갑」 전문

　누구나 다 알고 있듯, 벙어리장갑은 엄지손가락만 빼고 나
머지 손가락이 하나의 공간을 공유하도록 만들어진 장갑을 말
한다. 이 벙어리장갑을 끼는 경우, 네 개의 손가락은 독립적으
로든 또는 엄지손가락과 협동해서든 평소에 하던 여러 가지 일
을 제대로 할 수 없다. 하지만, 엄지손가락을 뺀 나머지 네 개의
손가락이 옆 손가락과 맞닿아 있어 체온을 나눌 수 있기에, 보
온 또는 방한 효과는 다섯 손가락을 따로따로 감싸고 있는 일
반 장갑보다 더 뛰어나다. 하기야 장갑을 낀다는 사실 자체는
애초에 손가락이 수행할 법한 섬세한 역할을 포기하고자 하는
것과 다를 바 없다. 이로 인해, 방한과 체온 유지가 목적이라면,
벙어리장갑이 일반 장갑보다 더 효과적인 것일 수 있다. 이 점
을 의식하기라도 하는 듯, 시인은 일종의 벙어리장갑 예찬론을
이 작품에 담고 있는 것이다.

　단시조 형식의 이 작품 초장에 해당하는 첫째 연에서 시인은
네 손가락이 함께하고 있는 장갑 안쪽의 공간을 "무릎 맞대고/
둘러앉은/ 좁은 방"에 비유한다. 좁은 방에서 "서로에게 기대
인 채/ 꼼지락"거리는 "다둥이들"의 공간을 벙어리장갑은 제공
하고 있는 것이다. 단시조 형식의 종장에 해당하는 이 작품의

123

마지막 연에서 시인은 이렇게 말한다. "칸막이/ 없앤 덕분에/ 이놈 저놈 말문도 트네."

해학과 익살이 감지되는 시인의 시적 진술은 우리네 삶 자체를 되돌아보게도 한다. 요즘에야 가족의 구성원들은 아마도 누구나 자기만의 공간을 가지고 있을 것이고, 따라서 자리를 함께하는 일이야 식사 자리에서 또는 공동으로 즐기는 오락 프로그램이 방영되는 텔레비전 앞 정도에서일 것이다. 말하자면, 대부분 가정의 경우, 형제나 남매들이 옹기종기 하나의 좁은 방에서 모여 생활하던 시대는 이미 되돌릴 수 없는 과거가 되었는지도 모른다. 하지만 그것이 과연 바람직한 삶의 변화일까. 무엇보다 바로 이 같은 질문이 「벙어리장갑」에서 감지되지 않는가. 시인은 이 작품에 기대어 아주 작은 방에서 형제나 남매들이 함께 생활하던 그 옛날의 따뜻한 삶의 정경을 그리워하고 또 아쉬워하고 있는 것은 아닐지? 아니, "칸막이"가 따로 없던 그 시절의 마음으로 되돌아갈 것을 제안하고 있는 것은 아닐지? 물론 "칸막이"란 벙어리장갑 안의 공간처럼 물리적인 의미에서의 칸막이뿐만이 아닐 것이다. 마음과 마음 사이의 칸막이가 궁극적으로 문제가 되지 않겠는가. 요컨대, 시인의 벙어리장갑 예찬론은 단순히 벙어리장갑 자체의 장점을 이야기하는 선을 뛰어넘어, 물리적으로나 심정적으로 우리네 마음의 칸막이가 없어지기를 바라는 시인의 마음을 짚어 보게 하는 작품이 아닐 수 없다.

사실, 마음의 칸막이를 없애는 일은 결코 어려운 일이 아니다. 우리가 삶을 살아가다 보면 이처럼 마음의 칸막이를 없애고 우리 모두가 하나가 되는 일이 일상의 삶에서 얼마든지 있을 수 있거니와, 다음 작품은 바로 이 같은 순간이 누구나의 일상적인 삶에서 가능함을 엿보게 한다.

아들이 취업해서 여한이 없다는 말
전화 속 친구 목소리 반 넘게 웃음이다
기꺼이 술을 산다며 저녁을 불러냈다

인정으로 목 축였다 덕담도 서너 순배
너나없이 힘든 직장 드디어 잡았다니
턱 하나 넘어섰다고 입을 귀에 걸었다
　-「한턱」전문

진정으로 우리는 이 작품에 대해 논의를 길게 이끌어 갈 필요를 느끼지 않는다. 시조의 오래고 긴 전통을 살펴보면, 이 작품처럼 마주하는 순간에 바로 그 의미가 환하게 다가오는 예를 얼마든지 확인할 수 있거니와, 시조의 시조다움은 이처럼 마주하는 순간에 그 의미가 환하게 다가오면서도 여전히 깊은 의미

125

가 감지되는 작품에서 찾아야 하지 않겠는가. 아무튼, 어느 한 친구는 "아들이 취업"을 하게 되었음에 어찌나 즐거운지 주변의 친구들을 불러내어 "한턱"을 낸다. 그렇게 해서 함께하게 된 친구들과 "목 축"이고 "너나없이" "덕담"을 나누는 것이야말로 마음의 칸막이를 없애는 일이 어렵지 않음을 보여 주는 사례가 아니겠는가. 마음의 칸막이가 있다면, 자신이든 친구든 누군가의 아들이 취업했다는 이유로 어찌 "턱 하나 넘어섰다고 입을 귀에 걸" 수 있겠는가.

신필영 시인의 이번 시집에는 마음의 칸막이가 있다면 이루어질 수 없는 인간과 인간의 따뜻하고 아름다운 만남을 시적으로 형상화한 작품이 여러 편 있지만, 우리는 특별히 다음 작품을 주목하지 않을 수 없다.

새 신발 갈아 신듯 낙향해 사는 친구
용하게 거둬들인 쌀 한 자루 보내왔다
밥 먹자, 멋쩍은 안부도 속 깊이 눌러 담아

안 열어본 곳간 구석 오래된 멍석 같은
구멍 숭숭 뚫린 세월 그런대로 약발 받아
천 리도 지척이라고 토를 달며 찾아왔다

백열등 깜빡거리던 변두리 하숙방과

잠 놓치고 표류하던 그 밤들을 수습하고

이제는 옛집에 들어 선비의 길 닦는 이여!

   -「개평리 답신」 전문

  어느 날 "새 신발 갈아 신듯 낙향해 사는 친구"가 시인에게 "용하게 거둬들인 쌀 한 자루 보내왔다." 그것도 "밥 먹자, 멋쩍은 안부도 속 깊이 눌러 담아." 물론 친구가 "안부"를 활자화하여 물은 것은 아닐 것이다. 시인은 다만 "쌀 한 자루"에서 안부 인사를 읽은 것이리라. "속 깊이 눌러 담"은 것은 곧 친구의 마음이 담긴 "자루" 속의 "쌀"이라는 점에서 그러하다.

  세 수의 단시조로 이루어진 이 연시조의 첫째 수가 시인에게 현재의 시 창작을 이끈 '작지만 소중한 일'을 밝히는 데 바쳐지고 있다면, 둘째 수는 앞서 밝힌 '작지만 소중한 일'로 인해 시인의 마음에 일고 있는 상념을 드러내는 데 바쳐지고 있다. 시인의 상념은 "쌀"에서 "곳간"으로, 그것도 '기억의 곳간'으로 향하여, "안 열어본 곳간 구석 오래된 멍석 같은/ 구멍 숭숭 뚫린 세월"에 이른다. "구멍 숭숭 뚫린 세월"이라는 말이 암시하듯, 시인이 생각하기에 시인과 시인의 친구는 허술하고 황망하게 세월을 보냈다. 그럼에도 그 세월은 "약발"을 아직 다 잃지 않았다. 아니, 때로 남아 있는 "약발[을] 받아" 마음으로나마 시인에게 친구를, 친구에게 시인을 기억하고 새삼 그리워하게 한다. 그런 인연과 기억이 아니었다면, 어찌 "밥 먹자"라는 친구의 "멋쩍은 안부"가 "속 깊이 눌러 담"긴 채 "천 리도 지척이라고 토를 달며 찾아왔"겠는가.

셋째 수에서 시인의 상념은 현재의 친구가 영위하는 삶으로 향한다. 시인의 마음속 눈길에 그의 친구는 "백열등 깜빡거리던 변두리 하숙방과/ 잠 놓치고 표류하던 그 밤들을 수습"한 뒤에 "이제는 옛집에 들어 선비의 길 닦는 이"가 되어 있다. 그리하여 시인은 이렇게 이 작품을 끝맺는다. "이제는 옛집에 들어 선비의 길 닦는 이여!" 여기서 우리는 서정주의 저 유명한 시구절인 "인제는 돌아와 거울 앞에 선/ 내 누님같이 생긴 꽃이여"를 겹쳐 떠올릴 수도 있으리라. 정녕코, 셋째 수의 종장이 우리에게 전하는 시적 전언傳言은 서정주의 시구를 떠올리게 할 만큼 친근하면서도 참신하다. 또한 그 울림이 있는 그대로 새롭고 깊은 동시에 곡진曲盡하다. 하지만 "옛집"과 "선비"라니? 시인의 전언에 따르면, 그의 친구는 명문가의 종손으로, 세속적 의미에서의 이른바 '출세'와는 거리가 먼 삶을 이어 왔다고 한다. 그리고 현재 낙향하여 종가인 '고택'을 지키면서 종손으로서 해야 할 일과 글을 읽고 사색하는 일을 조선시대 선비와 다름없는 모습으로 이어 가고 있다고 한다. 셋째 수의 종장에서 우리는 친구의 그런 모습을 소중하게 마음속에 간직하고 떠올리는 시인의 곡진한 마음을 생생하게 엿볼 수 있다.

마음의 칸막이를 없애려는 시도는 친구든 지기든 주변 사람들만을 향해 이어 가야 할 성질의 일이 아니다. 이는 주변의 가까운 사람들을 넘어 우리와 세상을 함께하는 모든 이를 향해 수행해야 할 과제일 것이다. 특히 '군중 속의 고독'이라는 말이 새삼스럽게 우리의 마음을 울리는 요즘에는 '고독에서 벗어나 함께하기'란 더할 수 없이 소중하면서도 긴급한 과제가 아닐 수 없다. 하지만 이런 과제와 직면해서도 시인은 자연에 눈길을 줄 때와 마찬가지로, 공허하고 요란한 구호를 앞세우기보다 자신이 먼저 사람들을 향해 말없이 따뜻한 이해의 눈길을, 주변을 넘어 저쪽의 사람들에게 따뜻하고 다감한 눈길을 던질 뿐이다. 이제 다음 작품을 함께 읽기로 하자.

화장품가게 지나 치킨집 옆 골목길
어묵 또는 떡볶이도 제 할 말은 있게 마련
세상은 이제 초저녁 낯선 얼굴 낯익는다

아니면 말더라도 비켜 가고 싶진 않아
쉼표 다 지워버리고 느낌표로 모이는 곳
며칠째 찌푸린 이마 오늘 모두 사면이다

꼭 하고 싶은 것 가고 싶은 곳을 찾아

빈집을 등에 지고 더듬이를 세운 모습

겁 없이 출발선 넘는 뜀박질 선수 같다

　－「강남역 달팽이」전문

　이 작품에서 시인은 강남역 주변의 골목길 풍경에 눈길을 주고 있지만, 이는 강남역 주변의 골목길 풍경에만 국한된 것이 아니다. 서울이라는 도시―아니, 그 외의 어떤 도시든 사람들이 모여 살고 있는 곳―의 역 주변 골목길 또는 번화가나 시장 주변 골목길 어디에서나 우리가 마주할 수 있는 풍경이 이 작품의 소재가 되고 있다. 모두 세 수의 단시조로 이루어진 이 작품의 첫째 수에서 시인은 골목길의 풍경을 "화장품가게"와 "치킨집" 그리고 "어묵 또는 떡볶이"와 '낯설지만 낯익은' "얼굴"들로 채운다. 그와 같은 풍경 묘사에서 특히 우리의 눈길을 끄는 것은 "어묵 또는 떡볶이"의 의인화擬人化다. 이는 물론 어묵이나 떡볶이를 즐기는 그만그만한 서민에 대한 시적 형상화일 수 있는데, 서민의 삶과 뗄 수 없는 특정 먹거리로 서민을 또는 서민의 삶을 환유화換喩化함으로써, 시인은 로만 야콥손Roman Jakobson의 이론대로 서민의 삶에 더욱더 확실하고도 구체적인 '사실성'(the reality)을 확보한다.

　아무튼, 둘째 수는 서민들이 세상을 살아가는 방식이 어떠

한가를 보여 준다. 무엇보다 "아니면 말더라도 비켜 가고 싶진 않"다니? 이 말이 뜻하는 바는 무엇인가. '아니면 말다'라는 말에서는 체념이 짙지만, '비켜 가고 싶지 않다'라는 말에서는 일종의 고집이 감지된다. 이처럼 체념과 고집이 비논리적으로 또는 역설적으로 뒤엉켜 있는 것이 이른바 서민들의 의식이나 생활 방식이 아니겠는가. 한편, 체념이 암시하는 바는 "쉼표"이지만 고집이 암시하는 바는 "느낌표"일 수 있다. 때로 술에 취해서든 또는 분위기에 취해서든 체념을 잠시 접어 두고 고집과 함께 비판과 분노까지 드러내는 것이 번화가 또는 역 주변 골목길의 유흥장에서든 주점에서든 목도되는 서민들의 모습이 아닌가. 이처럼 분위기 때문이든 다른 무엇 때문이든 이에 힘입어 고집을 드러냈다가 풀이 죽기도 하고 풀이 죽었다가도 다시 고집을 드러내기도 하는 사람들이 곧 서민들인 것이다. 그리고 그런 서민들의 만용과 오기가 "오늘 모두 사면"을 받는 곳이 도심의 뒷골목인 것이다. 어찌 "며칠째 찌푸린 이마"가 펴지지 않을 수 있겠는가.

셋째 수에서 그런 서민의 모습에서 시인은 감지하는 것은 "꼭 하고 싶은 것 가고 싶은 곳을 찾아/ 빈집을 등에 지고 더듬이를 세운 모습"의 "달팽이"다. 그것도 "겁 없이 출발선 넘는 뜀박질 선수"와도 같은 "달팽이"의 모습을 서민들의 삶에서 시인은 꿰뚫어 보고 있는 것이다. 여기서 지극히 개인적인 내 자신의 연상에 기대어 토로하고자 한다. 이 작품의 셋째 수 종장과 마주하는 순간, 나는 영미 문학을 대표하는 시인이자 비평가인 토머스 스턴스 엘리엇(T[homas] S[tearns] Eliot)이 극찬한 바 있는 이탈리아 시인 단테Dante의 『신곡』 지옥 시편에 나오는 다음 구절을 떠올리지 않을 수 없었다!

> 곧이어 그는 몸을 돌렸는데, 그 모습은 베로나에서 열린
> 경주 대회서 녹색 천을 따기 위해 들판을 질러 달리는
> 사람들 사이에 있는 듯 보였나니. 그리고 그들 가운데
> 그는 경기의 패배자가 아니라 승리자와도 같아 보였나니.
> – 단테, 『신곡』의 지옥 편, 제15번 칸토, 제121-124행.

여기에 등장하는 "그"는 한때 단테의 스승이었던 브루네토 라티니다. 그는 살아생전에 부자연스러운 욕망을 가졌던 것 때문에 지옥에서 영원한 형벌을 감수해야 하는 처지에 놓여 있다. 하지만 지옥에서 우연히 그를 만난 단테는 그를 알아볼 뿐만 아니라 여전히 사랑하고 존경한다. 그들 사이의 대화가 끝난 뒤, 브루네토 라티니는 자신에게 내려진 형벌을 계속 이어가기 위해 몸을 돌려 사라진다. 그가 몸을 돌려 사라지는 순간, 그 모습을 바라보는 단테가 마음속에 떠올리는 옛 스승에 대한 감정은 복잡하기 이를 데 없다. 이를 생생한 시각적 이미지로

보여 주는 것이 바로 위의 인용이다. 즉, 뒤돌아서서 가는 스승을 바라보며 단테는 "경기의 패배자가 아니라 승리자"의 모습을 떠올린다. (이 시에서 "녹색 천"은 경주 대회의 우승자에게 부여하는 승리의 상징이다.) 신필영 시인의 이 작품을 읽으면서 나는 단테가 바라보는 그의 스승 브루네토 라티니의 모습을 떠올리는 동시에, "겁 없이 출발선 넘는 뜀박질 선수"가 브루네토 라티니처럼 "경기의 패배자가 아니라 승리자"가 되리라는 상상에 젖기도 했다. 추측건대, 서민이 살아가는 모습에서 "겁 없이 출발선 넘는 뜀박질 선수"와 같은 "달팽이"의 모습을 읽는 신필영 시인의 마음 저변에 놓인 감정도 그런 것이 아닐까. 이길 수 없는 "달팽이"의 "뜀박질"이지만, 마치 거북이가 토끼에게 승리하듯 마침내 뜀박질에서 승리하는 서민들의 모습을 시인은 염원하고 있는 것이 아닐지? 그리고 이 같은 염원이 시인에게 「강남역 달팽이」와 같은 작품을 창작게 했던 것은 아닐지? 내가 자유롭게 이 같은 추론을 덧붙임은 무엇보다 인간과 인간 사이의 마음 나눔—즉, 칸막이가 존재하지 않는 상태에서 이루어지는 인간과 인간 사이의 따뜻하고 다감한 마음 나눔—을 염원하는 이가 다름 아닌 신필영 시인이라는 점을 그의 시 세계를 통해 감지할 수 있었기 때문이다.

다섯, 논의를 마무리하며

단테의 『신곡』에 등장하는 감동적인 정경 가운데 하나를 떠올리게 하는 「강남역 달팽이」가 하나의 예가 되고 있듯, 따뜻하고 다감한 시적 정서와 간명한 시어들이 어우러져 신필영 시인의 시조 세계를 이루고 있다. 아울러, 이제까지 살펴본 여러 작품이 예증하듯, 특유의 개성적이고 생생한 시적 이미지가 대상을 선명하게 밝혀 줄 뿐만 아니라 그 대상에 깊은 생동감을 부여하기도 한다. 신필영 시인 특유의 시적 이미지 하나하나를 발광체에 비유한다면, 아마도 이는 눈을 부시게 하는 공격적이고 도전적인 해가 아니라 보름달 또는 밤하늘의 깊이를 더해 주는 별에 해당하는 것이리라. 그만큼 그의 작품이 연출하는 시적 분위기는 환한 동시에 평온하고 아늑하다. 확신컨대, 신필영 시인의 이번 시집은 시조를 사랑하는 모든 이에게 깊은 감흥과 함께 활기찬 시적 현장감을 체험케 할 것이다. 그리고 무엇보다 시 읽는 즐거움을 선사할 것이다.

그럼에도, 신필영 시인의 시집 전체를 수놓고 있는 시적 이미지들—특히 자연을 인간의 삶에 기대어 드러내는 시적 이미지들—을 살펴보면, 이를 더욱 '참신하고 생생한 것' 또는 '인식이 용이한 것'으로 만들고자 하는 시인의 의욕이 작용했기 때문인지 몰라도, 다소 지나친 수사적 멋 부리기가 아닌가라는 의구심을 떨칠 수 없게 하는 예가 어쩌다 눈에 띄기도 한다. 뿐만 아니라, 시인이 요즘 젊은 시조시인들 사이에 어느 때부터인가 유행하기 시작한 '기법이 아닌 기법'에 기대고 있는 것은 아닌가 하는 의혹을 불러일으키는 예도 아주 없지 않다. 이에 대한 나의 아쉬움이 각별했던 것은 아무리 미세하나마 시조의 시조다움에 어쩌면 흠이 될 수도 있는 실험적 관행을 예상치 않은 뜻밖의 자리에서 확인할 수 있었기 때문이다.

여기서 내가 문제 삼고자 하는 '기법 아닌 기법'은 특히 시조 종장의 끝맺음과 관계되는 것으로, 이 같은 '기법 아닌 기법'이 「뚝섬」과 같은 작품—그러니까 탁월한 시조로 평가될 수 있는 잠재력을 여전히 잃고 있지 않는 이 작품—에서 확인되기에 나의 아쉬움은 그만큼 더 컸다. 무엇이 문제인가 하면, 두 수로 이루어진 연시조인 이 작품의 첫째 수 종장에서 시인은 시적 진술을 관형사형 전성 어미 '-ㄴ'으로 끝맺고 있는 것이다. 이로 인해, 좁게는 시상 전개와 짜임새의 측면에서, 넓게는 형식의 측면에서 이 작품은 아쉬운 것으로 남게 되었다는 것이 나의 소박한 판단이다.

하지만 이에 대한 논의는 신필영 시인의 시 세계에 대한 이해와 접근 자체와는 별개의 차원에서 이루어져야 할 성질의 것이리라. 따라서 현재의 지면을 벗어나 별도의 자리에서 이에 대한 논의를 이어가고자 한다. 이러한 약속과 함께, 이제 끝으

로 신필영 시인의 이번 시집에 담긴 시조 세계에 대한 우리의
총체적인 이해를 다시 한 번 더 정리하기로 하자. 거듭 말하지
만, 특유의 개성적인 시적 이미지들, 따뜻하고 다감한 시심, 간
명한 시어들로 환하게 빛나는 것이 신필영 시인의 이번 시조
시집이다. 아마도 이번 시집은 시조 시단의 구성원 모두가 기
꺼워해야 할 시적 성취라고 해야 할 것이다. 진실로 신필영 시
인은 각고의 작업을 통해 시조의 완성도를 높인 시조시인이
다. 그럼에도 내가 논의의 마지막에 이르러 내 나름의 아쉬움
을 드러냈던 것은 신필영 시인뿐만 아니라 시조 시단의 구성
원 모두의 작품 세계가 더욱 높은 완숙과 완성의 경지에 이르
기 바라는 충정에 따른 것이다. 누구보다 신필영 시인의 문운
이 더욱 융성하기를 바라는 마음과 함께 그의 작품 세계에 대
한 나의 논의를 여기서 끝맺고자 한다.